Clássicos da Literatura Brasileira

Barroco

Clássicos da Literatura Brasileira

Barroco

Padre Antônio Vieira
Gregório de Matos
Manuel Botelho de Oliveira
Frei Manuel de Santa Maria Itaparica
Frei vicente do Salvador
Bento Teixeira
Nuno Marques Pereira
Sebastião da Rocha Pita

editora HARBRA

Direção Geral: Julio E. Emöd
Supervisão Editorial: Maria Pia Castiglia
Assistente Editorial e Capa: Grasiele L. Favatto Cortez
Revisão Técnica: Márcia Helena Lopes
Revisão: Patricia Aguiar Gazza
Marina de A. C. Damas Oliveira

Programação Visual e Editoração Eletrônica: Darlene Fernandes Escribano
Impressão e Acabamento: HR Gráfica e Editora

Dados Internacionais de Catalogação na Publicação (CIP)
(Câmara Brasileira do Livro, SP, Brasil)

Barroco. -- São Paulo : HARBRA, 2009. --
(Clássicos da literatura brasileira)

Conteúdo: Padre Antônio Vieira -- Gregório de Matos -- Manuel Botelho de Oliveira -- Frei Manuel de Santa Maria Itaparica -- Frei Vicente do Salvador -- Bento Teixeira -- Nuno Marques Pereira -- Sebastião da Rocha Pita.
ISBN 978-85-294-0356-8 (obra completa)
ISBN 978-85-294-0357-6

1. Literatura barroca - História e crítica I. Série.

09-01041 CDD-869.9

Índices para catálogo sistemático:
1. Literatura brasileira 869.9

Clássicos da Literatura Brasileira – BARROCO

Rua Joaquim Távora, 779 – Vila Mariana – 04015-001 – São Paulo – SP
Promoção: (0.xx.11) 5084-2482 e 5571-1122. Fax: (0.xx.11) 5575-6876
Vendas: (0.xx.11) 5549-2244, 5084-2403 e 5571-0276. Fax: (0.xx.11) 5571-9777

ISBN da coleção 978-85-294-0356-8
ISBN do volume 978-85-294-0357-6

Impresso no Brasil *Printed in Brazil*

Sumário

Padre Antônio Vieira

Nasceu em Lisboa em 1608 e morreu na Bahia em 1697, onde passou a maior parte da sua vida. Jesuíta da Companhia de Jesus, foi ordenado em 1634, ano em que começou a ser reconhecido pela quantidade e qualidade de seus sermões. Era descendente de negros, combateu a escravidão e defendeu, também, os índios e os judeus. Apesar de não ter nascido no Brasil, aqui ganhou expressividade e importância, sendo, por isso, considerado um autor brasileiro.

Sua obra é composta por profecias, cartas e os famosos sermões, entre os quais se destacam: *Sermão da Sexagésima, Sermão de Santo Antônio aos Peixes, Sermão pelo Bom Sucesso das Armas de Portugal contra as de Holanda* e *Sermão da Quarta-feira de Cinzas.*

Sermão pelo Bom Sucesso das Armas de Portugal contra as de Holanda

Suplica a Deus que proteja os portugueses situados na Bahia da invasão holandesa. Sua argumentação se faz em torno do agrado (ou não) que o homem desperta em Deus.

(...)

Muito honrastes, Senhor, ao homem na criação do Mundo, formando-o com vossas próprias mãos, informando-o e animando-o com vosso próprio alento e imprimindo nele o caráter de vossa imagem e semelhança. Mas parece que logo desde aquele mesmo dia vos não contentastes dele, porque de todas as outras coisas que criastes, diz a Escritura que vos pareceram bem: *Vidit Deus quod esset bonum*[1]; e só do homem o não diz. Na admiração desta misteriosa reticência andou desde então suspenso e vacilando o juízo humano, não podendo penetrar qual fosse a causa por que, agradando-vos com tão pública demonstração todas as vossas obras,

[1] E Deus viu que isto era bom. (Gn 1, 10) (Nota do Editor doravante **N. do E.**)

só do homem, que era a mais perfeita de todas, não mostrásseis agrado. Finalmente, passados mais de mil e setecentos anos, a mesma Escritura, que tinha calado aquele mistério, nos declarou que vós estáveis arrependido de ter criado o homem: *Paenituit eum quod hominem fecisset in terra*[1], e que vós mesmo dissestes que vos pesava: *Paenitet me fecisse eos*[2]; e então ficou patente e manifesto a todos o segredo que tantos tempos tínheis ocultado. E vós, Senhor, dizeis que vos pesa e que estais arrependido de ter criado o homem; pois essa é a causa por que logo desde o princípio de sua criação vos não agradastes dele, nem quisestes que se dissesse que vos parecera bem, julgando, como era razão, por coisa muito alheia de vossa sabedoria e providência, que em nenhum tempo vos agradasse nem parecesse bem aquilo de que depois vos havíeis de arrepender e ter pesar de ter feito: *Paenitet me fecisse*[3].

(...)

Sermão do Mandato

Trata do amor, em especial da nobreza do amor de Cristo, partindo do famoso versículo bíblico: Antes da festa da Páscoa, sabendo Jesus que chegara a sua hora de passar deste mundo ao Pai, como amasse os seus que estavam no mundo, até ao extremo os amou. (Jo 13, 1)

(...)

É pois o quarto e último remédio do amor, e com o qual ninguém deixou de sarar: o melhorar de objeto. Dizem que um amor com outro se paga, e mais certo é que um amor com outro se apaga. Assim como dois contrários em grau intenso não podem estar juntos em um sujeito, assim no mesmo coração não podem caber dois amores, porque o amor que não é intenso não é amor. Ora, grande coisa deve de ser o amor, pois, sendo assim, que não bastam a encher um coração mil mundos, não cabem em um coração dois amores. Daqui vem que, se acaso se encontram e pleiteiam sobre o lugar, sempre fica a vitória pelo melhor objeto. É o amor entre os afetos como a luz entre as qualidades. Comumente se diz

[1] O Senhor arrependeu-se de ter criado o homem na terra (...) (Gn 6, 6a) (**N. do E.**)

[2] (...) porque eu me arrependo de os haver criado. (Gn 6, 7b) (**N. do E.**)

[3] (...) porque eu me arrependo. (Gn 6, 7b) (**N. do E.**)

que o maior contrário da luz são as trevas, e não é assim. O maior contrário de uma luz é outra luz maior. As estrelas no meio das trevas luzem e resplandecem mais, mas em aparecendo o sol, que é luz maior, desaparecem as estrelas. Grande luz era o Batista antes de vir Cristo ao mundo; apareceu Cristo, que era a verdadeira luz: *Erat lux vera, quae illuminat omnem hominem*[1], e que lhe sucedeu ao Batista? Logo deixou de ser luz: *Non erat ille lux*[2]. O mesmo lhe sucede ao amor, por grande e extremado que seja. Em aparecendo o maior e melhor objeto, logo se desamou o menor.

(...)

Sermão de todos os Santos

Dividido em onze partes, aborda o tema da santidade, trazendo diversas orientações para a correta prática religiosa, a fim de que se torne possível a santificação dos verdadeiros cristãos.

(...)

Se perguntarmos aos teólogos qual é o maior atributo de Deus, responder-nos-ão que todos são iguais, porque todos e cada um deles é Deus. Mas se perguntarmos qual é o que mais declara e engrandece o ser do mesmo Deus, S. Dionísio Areopagita, que é o que mais altamente escreveu dos atributos divinos, diz que o ser santo: *Deus per excellentiam cuncta excellentem Sanctus Sanctorum praedicatur.* Quando dizemos que Deus é santo, e Santo dos Santos, louvamos em Deus uma excelência que é mais excelente que todas: *Excellentiam cuncta excellentem.* O grande doutor da Igreja, Santo Ambrósio, ainda disse mais, ou com maior expressão: *Nihil pretiosius invenimus, quo Deus praedicare possimus, nisi ut sanctum apellemus: quodlibet aliud inferius est Deo, inferius est Domino:* Quando queremos louvar e engrandecer a Deus, nenhuma coisa achamos de maior estimação e de maior preço que chamar-lhe santo, porque tudo o demais que dissermos é inferior a Deus, e só quando lhe chamamos santo dizemos o que é. Antigamente, como Deus era só conhecido em Judeia, no resto do

1 [O verbo] era a verdadeira luz que ilumina todo homem. (Jo 1, 9) (**N. do E.**)
2 Não era ele a luz. (Jo 1, 8a) (**N. do E.**)

mundo havia muitos chamados deuses, os quais todos tinham sacrifícios e sacerdotes. E que fez o verdadeiro Deus para se distinguir dos deuses falsos? Mandou que o seu Sumo Sacerdote trouxesse na testa uma lâmina de ouro com esta letra: *Sanctum Domino* (Êx 28, 36): A santidade ao Senhor – porque só aquele Senhor, que tem por atributo o ser santo, é o verdadeiro Deus.

(...)

Sermão de São Roque

Retoma o mito do sebastianismo, que preconizava a volta de D. Sebastião, morto na batalha de Alcácer-Quibir contra os mouros de Marrocos, o que faria de Portugal o Quinto Império do mundo. Versa também sobre os atos de mandar e servir.

(...)

Sendo, pois, o desejo de mandar no homem não só soberania da natureza no seu primeiro estado, como em Adão, mas reparo e alívio do segundo, como em Eva, e, nascendo o mesmo desejo, antes, sendo gerado conosco, como em Jacó e Esaú, por que não quer mandar S. Roque? O mesmo entendimento e alto juízo, com que não quis servir, o obrigava a que quisesse mandar, porque é primeiro princípio da política natural, como ensina Aristóteles, que aos mais bem entendidos pertence o mandar, como aos que menos entendem o servir. Logo, contra todos estes ditames da natureza e da razão parece que obrou S. Roque, em demitir de si o mando e governo dos súditos, de que o nascimento o fizera herdeiro, e o entendimento senhor. O não querer servir a homens, seja embora prudente resolução, pelos motivos que apontamos; mas o não querer mandar homens, e tais homens, que fundamentos podia ter bastantes, não digo já, que aprovem uma tão extraordinária ação, mas que racionalmente a não estranhem, e ainda condenem? Bem creio que não ocorrerão facilmente as razões à ambição e apetite cego com que se governa o mundo, por isso tão mal governado. Respondo, porém, e digo que, se S. Roque teve grandes razões para não servir a homens, as mesmas, e muito maiores, teve para não querer mandar homens. E por quê? Porque maior servidão é o mandá-los que o servi-los.

(...)

Sermão de
Santo Antônio aos Peixes

Denuncia e critica a atitude corrupta dos homens "grandes" que, assim como os peixes, se aproveitam dos "menores" visando unicamente seu próprio benefício. Crítica à escravidão indígena.

Vós, diz Cristo, Senhor nosso, falando com os pregadores, sois o sal da terra: e chama-lhes sal da terra, porque quer que façam na terra o que faz o sal. O efeito do sal é impedir a corrupção; mas quando a terra se vê tão corrupta como está a nossa, havendo tantos nela que têm ofício de sal, qual será, ou qual pode ser a causa desta corrupção? Ou é porque o sal não salga, ou porque a terra se não deixa salgar. Ou é porque o sal não salga, e os pregadores não pregam a verdadeira doutrina; ou porque a terra se não deixa salgar e os ouvintes, sendo verdadeira a doutrina que lhes dão, a não querem receber. Ou é porque o sal não salga, e os pregadores dizem uma coisa e fazem outra; ou porque a terra se não deixa salgar, e os ouvintes querem antes imitar o que eles fazem, que fazer o que dizem. Ou é porque o sal não salga, e os pregadores se pregam a si e não a Cristo; ou porque a terra se não deixa salgar, e os ouvintes, em vez de servir a Cristo, servem a seus apetites. Não é tudo isto verdade? Ainda mal!

(...)

Sermão do
Bom Ladrão

Trata da imoralidade do comportamento da nobreza na época de D. João VI, chegando a criticar a corrupção existente em seu reinado.

(...)

Quer dizer: Se o alheio, que se tomou ou retém, se pode restituir, e não se restitui, a penitência deste e dos outros pecados não é verdadeira penitência, senão simulada e fingida, porque se não perdoa o pecado sem se restituir o roubado, quando quem o roubou tem possibilidade de o restituir. Esta única exceção da regra foi a felicidade do Bom Ladrão, e esta a razão por que ele se salvou, e também o mau se pudera salvar sem restituírem. Como ambos saíram do naufrágio desta vida despidos e pegados a um pau, só esta sua extrema pobreza os podia absolver dos latrocínios que tinham cometido, porque, impossibilitados à restituição, ficavam desobrigados dela. Porém, se o Bom Ladrão tivera bens com que restituir, ou em todo, ou em parte o que roubou, toda a sua fé e toda a sua penitência, tão celebrada dos santos, não bastara a o salvar, se não restituísse. Duas coisas lhe faltavam a este venturoso homem para se salvar: uma como ladrão que tinha sido, outra como cristão que começava a ser. Como ladrão que tinha sido, faltava-lhe com que restituir; como cristão que começava a ser, faltava-lhe o Batismo; mas assim como o sangue que derramou na cruz lhe supriu o Batismo, assim a sua desnudez e a sua impossibilidade lhe supriu a restituição, e por isso se salvou.

(...)

Sermão da Sexagésima

Por meio da Parábola do Semeador, examina a arte de pregar por sermões (parenética) e os atributos que separam os bons dos maus pregadores, tratando também da atitude do público que os ouve.

(...)

Enfim, para que os pregadores saibam como hão de pregar e os ouvintes a quem hão de ouvir, acabo com um exemplo do nosso Reino, e quase dos nossos tempos. Pregavam em Coimbra dois famosos pregadores, ambos bem conhecidos por seus escritos; não os nomeio, porque os hei de desigualar. Altercou-se entre alguns doutores da Universidade qual dos dois fosse maior pregador; e como não há juízo sem inclinação, uns diziam este, outros, aquele. Mas um lente, que entre os mais tinha maior autoridade, concluiu desta maneira: "Entre dois sujeitos tão grandes não me atrevo a interpor juízo; só direi uma diferença, que sempre experimento: quando ouço um, saio do sermão muito contente do pregador; quando ouço outro, saio muito descontente de mim".

(...)

SERMÃO DA
PRIMEIRA OITAVA DE PÁSCOA

Critica a ganância que motivou a exploração das jazidas de ouro, alertando para o fato de que o ouro brasileiro só acentuaria a pobreza moral dos portugueses.

(...)

Mas, se Cristo, quando desceu do céu e veio à terra, nasceu na pobreza de um presépio; se como Filho escolheu Mãe pobre, e como Mestre discípulos pobres; se a primeira coisa que ensinou e pregou foi a pobreza; se viveu de esmolas como pobre, se morreu sem casa nem cama, e despido como extremamente pobre, se o que sempre condenou foram as riquezas, e, prometendo o céu aos pobres, só o dificultou e quase impossibilitou aos ricos: que tesouros são estes que Deus lhes prometeu, e que minas secretas e escondidas as que havia de descobrir? Não foram sem dúvida, nem são outras, senão aquelas almas tão preciosas como prezadas, que no seio de Abraão, como em tesouro, se iam depositando por todos os séculos, não só escondidas e encerradas, mas verdadeiramente cativas, para cujo descobrimento, liberdade e redenção desceu Cristo, como diz S. Paulo, às partes mais inferiores da terra: *Ascendens in altum captivam duxit captivitatem. Quod autem ascendit, quid est, nisi quia et descendit primum in inferiores partes terrae*?[1] E porque as mesmas almas não podiam sair daquele lugar subterrâneo, onde estavam presas e aferrolhadas, como em um cárcere de bronze, por isso juntamente com a promessa destes tesouros e destas minas, assegurou Deus ao mesmo Cristo, descobridor e conquistador delas, que primeiro quebraria as portas de bronze, e romperia as fechaduras de ferro: *Portas aereas conteram, et vectes ferreos confringam, et dabo tibi thesauros absconditos, et arcana secretorum*[2].

(...)

[1] Pelo que diz: Quando subiu ao alto, levou muitos cativos, cumulou de dons os homens (Sl 67, 19). Ora, que quer dizer ele subiu, senão que antes havia descido a esta terra? (Ef, 4, 8s) (**N. do E.**)

[2] Irei eu mesmo diante de ti, aplainando as montanhas, arrebentando os batentes de bronze, arrancando os ferrolhas de ferro. Dar-te-ei os tesouros enterrados e as riquezas escondidas. (Is 45, 2s) (**N. do E.**)

Sermão da Quarta-feira de Cinzas

Traz reflexões sobre a vida e, principalmente, a morte, lembrando a famosa passagem: (...) porque és pó e em pó te hás de tornar. (Gn 3, 17)

O pó futuro, em que nos havemos de converter, é visível à vista, mas o pó presente, o pó que somos, como poderemos entender essa verdade? A resposta a essa dúvida será a matéria do presente discurso.

Duas coisas prega hoje a Igreja a todos os mortais, ambas grandes, ambas tristes, ambas temerosas, ambas certas. Mas uma de tal maneira certa e evidente, que não é necessário entendimento para crer; outra de tal maneira certa e dificultosa, que nenhum entendimento basta para a alcançar. Uma é presente, outra futura, mas a futura veem-na os olhos, a presente não a alcança o entendimento. E que duas coisas enigmáticas são estas? *Pulvis es, tu in pulverem reverteris*: Sois pó, e em pó vos haveis de converter, – Sois pó, é a presente; em pó vos haveis de converter, é a futura. O pó futuro, o pó em que nos havemos de converter, veem-no os olhos; o pó presente, o pó que somos, nem os olhos o veem, nem o entendimento o alcança. Que me diga a Igreja que hei de ser pó: *In pulverem reverteris*, não é necessário fé nem entendimento para o crer. Naquelas sepulturas, ou abertas ou cerradas, o estão vendo os olhos. Que dizem aquelas letras? Que cobrem aquelas pedras? As letras dizem pó, as pedras cobrem pó, e tudo o que ali há é o nada que havemos de ser: tudo pó. Vamos, para maior exemplo e maior horror, a esses sepulcros recentes do Vaticano. Se perguntardes de quem são pó aquelas cinzas, responder-vos-ão os epitáfios, que só as distinguem: Aquele pó foi Urbano, aquele pó foi Inocêncio, aquele pó foi Alexandre, e este que ainda não está de todo desfeito, foi Clemente. De sorte que para eu crer que hei de ser pó, não é necessário fé, nem entendimento, basta a vista.

(...)

Gregório de Matos

Nasceu em Salvador, Bahia, por volta de 1633 e morreu em 1696 em Recife, Pernambuco. Ex-vigário, não abandonou nunca o espírito satírico que usou para combater, com críticas, os personagens da época, não poupando nenhum deles. Sua crítica forte e contundente lhe rendeu o apelido de "Boca do Inferno".

Apesar de sua poesia satírica ser a mais conhecida, Gregório de Matos também escreveu belíssimos poemas lírico-amorosos e sacros. Suas obras foram publicadas postumamente, entre 1923 e 1933, pela Academia Brasileira de Letras.

A umas Saudades

Parti, coração, parti,
navegai sem vos deter,
ide-vos, minhas saudades
a meu amor socorrer.

Em o mar do meu tormento
em que padecer me vejo
já que amante me desejo
navegue o meu pensamento:
meus suspiros, formai vento,
com que me façais ir ter
onde me apeteço ver;
e diga minha alma assi:
Parti, coração, parti,
navegai sem vos deter.

Ide donde meu amor
apesar desta distância
não há perdido constância
nem demitido o rigor:
antes é tão superior
que a si se quer exceder,
e se não desfalecer
em tantas adversidades,
Ide-vos minhas saudades
a meu amor socorrer.

Inconstância dos Bens do Mundo

Nasce o Sol, e não dura mais que um dia,
Depois da Luz se segue a noite escura,
Em tristes sombras morre a formosura,
Em contínuas tristezas a alegria.

Porém, se acaba o Sol, por que nascia?
Se é tão formosa a Luz, por que não dura?
Como a beleza assim se transfigura?
Como o gosto da pena assim se fia?

Mas no Sol, e na Luz falte a firmeza,
Na formosura não se dê constância,
E na alegria sinta-se tristeza.

Começa o mundo enfim pela ignorância,
E tem qualquer dos bens por natureza
A firmeza somente na inconstância.

Ao mesmo Assunto e na mesma Ocasião

Pequei, Senhor, mas não porque hei pecado.
Da vossa alta piedade me despido,
Porque quanto mais tenho delinquido,
Vos tenho a perdoar mais empenhado.

Se basta a vos irar tanto pecado,
A abrandar-nos sobeja um só gemido,
Que a mesma culpa, que vos há ofendido,
Vos tem para o perdão lisonjeado.

Se uma ovelha perdida, e já cobrada
Glória tal, e prazer tão repentino
vos deu, como afirmais na Sacra História:

Eu sou, Senhor, a ovelha desgarrada
Cobrai-a, e não queirais, Pastor divino,
Perder na vossa ovelha a vossa glória.

A Maria dos Povos,
sua Futura Esposa

Discreta e formosíssima Maria,
Enquanto estamos vendo a qualquer hora,
Em tuas faces a rosada Aurora,
Em teus olhos e boca, o Sol e o dia:

Enquanto com gentil descortesia
O ar, que fresco Adônis te namora,
Te espalha a rica trança voadora,
Da madeixa que mais primor te envia.

Goza, goza da flor da mocidade,
Que o tempo trota a toda ligeireza,
E imprime em toda flor sua pisada.

Oh! Não aguardes, que a madura idade,
Te converta essa flor, essa beleza,
Em terra, em cinza, em pó, em sombra, em nada.

No Dia de
Quarta-feira de Cinzas

Que és terra, homem, e em terra hás de tornar-te,
Te lembra hoje Deus por sua Igreja;
De pó te faz espelho, em que se veja
A vil matéria, de que quis formar-te.

Lembra-te Deus, que és pó para humilhar-te,
E como o teu baixel sempre fraqueja
Nos mares da vaidade, onde peleja,
Te põe à vista a terra, onde salvar-te.

Alerta, alerta, pois, que o vento berra.
Se assopra a vaidade e incha o pano,
Na proa a terra tens, amaina e ferra.

Todo o lenho mortal, baixel humano,
Se busca a salvação, tome hoje terra,
Que a terra de hoje é porto soberano.

Manuel Botelho de Oliveira

Nasceu em Salvador, Bahia, em 1636 e morreu na mesma cidade em 1711. Poeta, foi o primeiro autor nascido no Brasil a ter um livro publicado. Trata-se de *Música do Parnaso* (1705), que inclui seu poema mais importante, *À Ilha de Maré*. Conviveu com Gregório de Matos.

Música do Parnaso

Ponderação das Lágrimas de Anarda

Suspende, Anarda, as ânsias do alvedrio,
Quando a fortuna cegamente ordena
Essa dor, que dilatas pena a pena,
Esse aljôfar, que vertes fio a fio.

Se és dura rocha no rigor impio,
Se és brilhadora luz na fronte amena;
A triste chuva de cristais serena,
Da sucessiva prata embarga o rio.

Mais ai, que não depões o sentimento,
Para que em ti padeça rigor tanto,
Se tens meu coração no peito isento.

De sorte, pois, que no amoroso encanto
Avivas em teu peito o meu tormento,
Derramas por teus olhos o meu pranto.

Esperanças sem Logro

Se contra minha sorte enfim pelejo,
Que quereis, esperança magoada?
Se não vejo de Anarda o bem que agrada,
Não procureis o bem do que não vejo.

Quando frustrar-se o logro vos prevejo,
Sempre a ventura espero dilatada;
Não vejo o bem, não vejo a glória amada,
Mas que muito, se é cego o meu desejo?

Enfermais do temor, e não se alcança
O que sem cura quer vossa loucura;
E morrereis de vossa confiança.

Esperança não sois, porém se apura,
Que só nisto sereis certa esperança:
Em ser falsa esperança da ventura.

Suspiros

Quando o fogo se inflama,
Sobe ao Céu natural a nobre chama;
Verás o mesmo efeito,
Divina Anarda, no amoroso peito,
Que em brando desafogo
Sobe o suspiro ardente de meu fogo
A teu luzido rosto; e não me admiro,
Pois é teu rosto Céu, chama o suspiro.

Que Há de Ser o Amor um Só

Uma alma do abrasador
Frecheiro é gloriosa palma;
Quem pois sacrifica uma alma,
Deve adorar um Amor.

Rende Amor por majestade
Do entender a excelência,
Da memória a persistência,
A inclinação da vontade.

Prendem belas sujeições
O coração nos ardores;
Quem pois cria dois amores,
Há mister dois corações.

Inconstante há de lograr
Dois fogos, por mais que anele:
Pois quando cuida naquele,
Neste já deixa de amar.

Inteiro amante não é,
Que no florido primor,
Partida a flor, não é flor,
Partida a fé, não é fé.

Amor é Sol no sujeito
Que belos incêndios cria;
E se brilha um Sol no dia,
Um amor brilhe no peito.

Veneno amor é julgado;
Mate pois, quando o condeno,
Se um veneno, outro veneno,
Um cuidado, outro cuidado.

Há de ser no coração
Um, ou outro emprego belo,
Agrado sim, não desvelo,
Faísca sim, chama não.

Venero enfim, se avalio
Entre muitos um desejo,
Muitas damas no cortejo,
Uma Anarda no alvedrio.

À Ilha de Maré
Termo desta Cidade da Bahia

Poema que faz o louvor das terras brasileiras, descrevendo detalhadamente todas as riquezas deste vasto território.

Jaz oblíqua forma e prolongada
A terra de Maré toda cercada
De Netuno, que tendo o amor constante,
Lhe dá muitos abraços por amante,
E botando-lhe os braços dentro dela
A pretende gozar, por ser mui bela.

Nesta assistência tanto a senhoreia,
E tanto a galanteia,
Que do mar de Maré tem o apelido,
Como quem preza o amor de seu querido:
E por gozar das prendas amorosas
Fica maré de rosas,
E vivendo nas ânsias sucessivas,
São do amor marés vivas;
E se nas mortas menos a conhece,
Maré de saudades lhe parece.

Vista por fora é pouco apetecida,
Porque aos olhos por feia é parecida;
Porém dentro habitada
É muito bela, muito desejada,
É como a concha tosca e deslustrosa,
Que dentro cria a pérola formosa:
Erguem-se nela outeiros
Com soberbas de montes altaneiros,
Que os vales por humildes desprezando,
As presunções do Mundo estão mostrando,
E querendo ser príncipes subidos,
Ficam os vales a seus pés rendidos.

(...)

Os pobres pescadores em saveiros,
Em canoas ligeiros,
Fazem com tanto abalo
Do trabalho marítimo regalo;
Uns as redes estendem,
E vários peixes por pequenos prendem;
Que até nos peixes com verdade pura
Ser pequeno no Mundo é desventura:
Outros no anzol fiados
Têm aos míseros peixes enganados,
Que sempre da vil isca cobiçosos
Perdem a própria vida por gulosos.

(...)

Frei Manuel de Santa Maria Itaparica

Nasceu em Salvador, Bahia, em 1704 e faleceu em 1768. Poeta influenciado por Camões, escreveu, entre outras obras, *Eustáquios* (sem data), poema sacro-tragicômico, e *Descrição da Ilha de Itaparica* (1769), uma suposta réplica à *Ilha de Maré* de Botelho.

Descrição da Ilha de Itaparica

Faz o elogio de Itaparica, terra natal do autor, descrevendo de maneira minuciosa as preciosidades encontradas na ilha.

Canto Heroico

I

Cantar procuro, descrever intento,
Em um Heroico verso e sonoroso,
Aquela que me deu o nascimento,
Pátria feliz, que tive por ditoso:
Ao menos com este humilde rendimento
Quero mostrar lhe sou afetuoso,
Porque é de ânimo vil e fementido
O que à Pátria não é agradecido.

(...)

IV

Em o Brasil, Província desejada
Pelo metal luzente, que em si cria,
Que antigamente descoberta e achada
Foi de Cabral, que os mares discorria,
Perto donde está hoje situada
A opulenta e ilustríssima Bahia,
Jaz a ilha chamada Itaparica,
A qual no nome tem também ser rica.

(...)

XVII

Monstro do mar, Gigante do profundo,
Uma torre nas ondas soçobrada,
Que parece em todo o âmbito rotundo
Jamais besta tão grande foi criada:
Os mares despedaça furibundo
Com a barbatana às vezes levantada,
Cujos membros tetérrimos e broncos
Fazem a Tétis dar gemidos roncos.

(...)

XXXI

Eis agora também no mar saltando
O que de Glauco tem a habilidade,
Com um agudo ferro vai furando
Dos queixos a voraz monstruosidade:
Com um cordel depois, grosso e não brando,
Da boca cerra-lhe a concavidade,
Que se o mar sorve no gasnate fundo
Busca logo as entranhas do profundo.

(...)

XXXVII

O povo que se ajunta é infinito,
E ali têm muitos sua dignidade,
Os outros vêm do Comarcão distrito,
E despovoam parte da Cidade:
Retumba o ar com o contínuo grito,
Soa das penhas a concavidade,
E entre eles todos tal furor se acende,
Que às vezes um ao outro não se entende.

(...)

XLIII

Não há nesta Ilha engenho fabricado
Dos que o açúcar fazem saboroso,
Porque um, que ainda estava levantado,
Fez nele o seu ofício o tempo iroso:
Outros houve também, que o duro fado
Por terra pôs, cruel e rigoroso,
E ainda hoje um, que foi mais soberano,
Pendura as cinzas por painel Troiano.

XLIV

Claras as águas são e transparentes,
Que de si manam copiosas fontes,
Umas regam os vales adjacentes,
Outras descendo vêm dos altos montes;
E quando com seus raios refulgentes,
As doura Febo abrindo os Horizontes,
Tão cristalinas são, que aqui difusa
Parece nasce a fonte da Aretusa.

(...)

XLVII

As frutas se produzem copiosas,
De várias castas e de várias cores,
Umas se estimam muito por cheirosas,
Outras levam vantagem nos sabores:
São tão belas, tão lindas e formosas,
Que estão causando à vista mil amores,
E se nos prados Flora mais blasona,
São os pomares glória de Pomona.

(...)

XLIX

Os coqueiros compridos e vistosos
Estão por reta série ali plantados,
Criam cocos galhardos e formosos,
E por maiores são mais estimados:
Produzem-se nas praias copiosos,
E por isso os daqui mais procurados,
Cedem na vastidão à bananeira,
A qual cresce e produz desta maneira.

(...)

LIX

O arvoredo desta Ilha rica e bela
Em circuito toda a vai ornando,
De tal maneira, que só basta vê-la
Quando já está alegrias convidando:
Os passarinhos que se criam nela
De raminho em raminho andam cantando,
E nos bosques e brenhas não se engana
Quem exercita o ofício de Diana.

(...)

LXV

Até aqui, Musa; não me é permitido
Que passe mais avante a veloz pena,
A minha Pátria tenho definido
Com esta descrição breve e pequena;
E se o tê-la tão pouco engrandecido
Não me louva, mas antes me condena,
Não usei termos de Poeta esperto,
Fui historiador em tudo certo.

Frei Vicente do Salvador

Nasceu em Matuim, Bahia, em 1546 e faleceu em Salvador, Bahia, em 1639. Escreveu, em 1627, *História do Brasil*, um estudo sobre a vida e os costumes na colônia. Essa obra é considerada o primeiro clássico da literatura nacional. Foi Patrono da cadeira 19 da Academia Brasileira de Letras.

História do Brasil

Trata da chegada dos portugueses na Bahia e descreve as novas terras, desde o descobrimento até o governo de Diogo Luiz de Oliveira.

Livro Primeiro

Do Descobrimento do Brasil

Capítulo Primeiro: Como Foi Descoberto este Estado

A terra do Brasil, que está na América, uma das quatro partes do mundo, não se descobriu de propósito, e de principal intento; mas acaso indo Pedro Álvares Cabral, por mandado de el-rei d. Manuel, no ano de 1500 para as Índias, por capitão-mor de 12 naus, afastando-se da costa de Guiné, que já era descoberta ao Oriente, achou estoutra ao Ocidente, da qual não havia notícia alguma, foi costeando alguns dias com tormenta até chegar a um porto seguro, do qual a terra vizinha ficou com o mesmo nome.

Ali desembarcou o dito capitão com seus soldados armados, para pelejarem; porque mandou primeiro um batel com alguns a descobrir campo, e deram novas de muitos gentios, que viram; porém não foram necessárias armas, porque só de verem homens vestidos, e calçados, brancos, e com barba – do que tudo eles carecem – os tiveram por divinos, e mais que homens, e assim chamando-lhe Caraíbas, que quer dizer na sua língua coisa divina, se chegaram pacificamente aos nossos.

(...)

Capítulo Segundo: Do Nome do Brasil

O dia em que o capitão-mor Pedro Álvares Cabral levantou a cruz, que no capítulo atrás dissemos, era 3 de maio, quando se celebra a invenção da Santa Cruz, em que Cristo Nosso Redentor morreu por nós, e por esta causa pôs nome à terra, que havia descoberta, de Santa Cruz, e por este nome foi conhecida muitos anos: porém como o demônio com o sinal da cruz perdeu todo o domínio que tinha sobre os homens, receando perder também o muito que tinha nos desta terra, trabalhou que se esquecesse o primeiro nome, e lhe ficasse o de Brasil, por causa de um pau assim chamado, de cor abrasada e vermelha, com que tingem panos, que o daquele divino pau que deu tinta e virtude a todos os sacramentos da igreja, e sobre que ela foi edificada, e ficou tão firme e bem fundada, como sabemos, e porventura por isto ainda que ao nome de Brasil ajuntaram o de estado, e lhe chamaram estado do Brasil, ficou ele tão pouco estável, que com não haver hoje 100 anos, quando isto escrevo, que se começou a povoar, já se hão despovoados alguns lugares, e sendo a terra tão grande, e fértil, como adiante veremos, nem por isso vai em aumento, antes em diminuição.

(...)

Capítulo Terceiro: Da Demarcação da Terra, e Costa do Brasil com a do Peru e Índias de Castela

Grandes dúvidas e diferentes se começavam a mover sobre as conquistas das terras do Novo Mundo, e houveram de crescer cada dia mais, se os reis católicos de Castela, d. Fernando, e d. Isabel, sua mulher, e el-rei de Portugal, d. João Segundo, que as iam conquistando não atalharassem com um concerto, que entre si fizeram, de que também deram conta ao Papa, e houveram sua aprovação e beneplácito. O concerto foi, que de uma das ilhas de cabo Verde chamada Santo Antão se medissem 370 léguas para o oeste, e dali lançando uma linha meridiana de norte a sul, todas as terras e ilhas que estavam para descobrir desta linha para a parte do oriente fossem da coroa de Portugal, e as ocidentais da coroa de Castela.

(...)

Capítulo Décimo Quarto: Dos seus Casamentos e Criação dos Filhos

Não é fácil averiguar, mormente entre os principais, que têm muitas mulheres, qual seja a verdadeira, e legítima, porque nenhum contrato exprimem, e facilmente deixam umas e tomam outras, mas conjetura-se que é aquela de que primeiro se namoram, e por cujo amor serviram aos sogros, pescando-lhes, caçando, roçando o mato para a sementeira, e trazendo-lhes a lenha para o fogo. Mas o sogro não entrega a moça até lhe não vir seu costume, e então é ela obrigada a trazer atado pela cintura um fio de algodão, e em cada um dos buchos dos braços, outro, para que venha à notícia de todos, e depois que é deflorada pelo marido, ou por qualquer outro, quebra em sinal disso os fios, parecendo-lhe que se o encobrir a levará o diabo, e o marido de qualquer maneira a recebe, e consumando o matrimônio, se tem que esta é a legítima mulher, ou quando assim não estão casados, a cunhada, mulher que foi do irmão defunto, ainda que lhe ficasse filho dele, ou a sobrinha/filha, não do irmão, que esta tem eles em conta de filha própria, e não casam com ela, senão da irmã, e com qualquer destas com que primeiro se casaram, ou seja, a sobrinha ou a cunhada, os casam depois sacramentalmente os religiosos que os curam, no mesmo dia em que batizam dispensando nos impedimentos, por privilégio que para isto tem, e lhes tiram todas as outras, casando-as com outros, não sem sentimento dos primeiros maridos; porque de ordinário se ficam com as mais velhas.

(...)

Livro Segundo

Da História do Brasil no Tempo do seu Descobrimento

Capítulo Primeiro: De como se Continuou o Descobrimento do Brasil, e se Deu Ordem a se Povoar

Posto que el-rei d. Manuel, quando soube a nova do descobrimento do Brasil, feito por Pedro Álvares Cabral, andava mui ocupado com as conquistas da Índia Oriental, pelo proveito que de si prometiam, e com as de África pela glória e louvor, que a seus vassalos delas resultava, não deixou, quando teve ocasião de mandar uma armada de seis velas, e por capitão-mor delas Gonçalo Coelho, para que descobrisse toda esta costa, o qual andou por ela muitos meses descobrindo-lhe os portos e rios, e em muitos deles entrou e assentou marcos, com as armas del-rei, que para isso trazia lavrados, mas pela pouca experiência que então se tinha de como corria a costa, e os ventos com que se navega, passou tantos trabalhos e infortúnios, que foi forçado tornar-se para o reino com duas caravelas menos, e a tempo em que já era morto el-rei d. Manuel, que faleceu no ano do Senhor de 1521; e reinava seu filho el-rei d. João Terceiro, ao qual se apresentou com as informações que pôde alcançar, pelas quais el-rei parecendo-lhe coisa de importância, mandou logo outra armada, e por capitão-mor Cristóvão Jacques, fidalgo de sua casa, que neste descobrimento trabalhou com notável proveito sobre a clareza da navegação desta costa, continuando com seus padrões conforme o regimento que trazia, e andando correndo esta grande costa veio dar com a baía a que chamou de Todos os Santos, por ser no dia da sua festa, primeiro de novembro, e entrando por ela, especulando todo o seu recôncavo, e rios, achou em um deles chamado de Paraguaçu duas naus francesas, que estavam ancoradas comerciando com o gentio, com as quais se pôs às bombardadas, e as meteu no fundo com toda a gente, e fazenda, e logo se foi para o reino, e deu as informações de tudo a Sua Alteza, as quais bem consideradas, com outras que já tinha de Pero Lopes de Sousa, que por esta costa também andou com outra armada, ordenou que se povoasse esta província, repartindo as terras por pessoas que se lhe ofereceram para as povoarem e conquistarem à custa de sua fazenda, e dando a cada um 50 léguas por costa com todo o seu sertão, para que eles fossem não só senhores, mas capitães delas; pelo que se chamam, e se distinguem por capitanias.

(...)

Capítulo Décimo Primeiro: Da Capitania de Itamaracá

(...)

Nesta ilha de Itamaracá tinham os franceses feito uma fortaleza com um presídio de mais de cem soldados, com muitas munições, e artilharia, onde se recolhia a gente dos seus navios quando vinham a carregar de pau-brasil, que os gentios lhe cortavam, e acarretavam aos ombros a troco de ferramenta e outros resgates de pouca valia, que lhes davam, como também lhes traziam a troco dos mesmos muito algodão, e fiado, e redes feitas em que dormem, bugios, papagaios, pimenta e outras coisas que a terra dá, que para os franceses era de muito ganho, e por esta causa assim neste porto como nos mais do Brasil comerciavam com o gentio, e os alteravam contra os portugueses, induzindo-os que os não consentissem povoar, antes os matassem e comessem, porque o mesmo vinham eles a fazer, o qual sabido por el-rei d. João Terceiro, ordenou uma armada mui bem provida de todo o necessário, e mandou nela por capitão-mor Pero Lopes de Sousa, para que viesse primeiramente a esta ilha, e daqui a todos os mais portos, e lançasse dele todos os franceses que achasse, e destruísse suas fortalezas e feitorias, levantando outras, donde lhe carregassem o pau-brasil por sua conta, porque esta era a droga que tomava para si.

(...)

Livro Terceiro

Da História do Brasil do Tempo que o Governou Tomé de Souza

Capítulo Terceiro: Do Segundo Governador Geral, que el-rei Mandou ao Brasil

Movido el-rei dos rogos e importunações do governador Tomé de Souza, acabado o triênio do seu governo, lhe mandou por sucessor d. Duarte da Costa, o qual se embarcou, e partiu de Lisboa no ano de mil quinhentos cinquenta e três a oito do mês de maio, trazendo em sua companhia seu filho d. Álvaro, e o Padre Luiz da Grã, que havia sido reitor no Colégio de Coimbra, e mais dois padres sacerdotes, e quatro irmãos da companhia, um dos quais era José de Anchieta, que depois foi cá seu provincial, e se pode chamar Apóstolo do Brasil, pelas obras e milagres, que nele fez, como o padre São Francisco Xavier se chamou da Índia.

O governador tanto que chegou trabalhou muito por fortificar e defender esta nova cidade da Bahia contra os bárbaros gentios, que se levantaram, e cometeram grandes insultos, que ele emendava dissimulando alguns com prudência, e castigando outros com armas, matando-os, e cativando-os em guerras, que lhes fez, de que era capitão seu filho d. Álvaro da Costa, o qual em todas se houve valorosamente. Nem el-rei o deixou de favorecer em todo o seu tempo com armadas de muitos soldados, e moradores.

Ajudavam também o bispo d. Pedro Fernandes, trabalhando sem cessar na conversão das almas, na ordem do Culto Divino, administração dos sacramentos, e em tudo mais tocante ao espírito, que el-rei não menos pretendia, e encomendava que o temporal.

(...)

Capítulo Sexto: Do Terceiro Governador do Brasil, que Foi Mem de Sá

A d. Duarte da Costa sucedeu o dr. Mem de Sá, que com razão pode ser espelho de governadores do Brasil; porque concorrendo nele letras, e esforço, se sinalou muito na guerra, e justiça.

Este, em pondo os pés no Brasil, que foi no ano de mil quinhentos cinquenta e sete, nenhuma coisa do seu regimento executou primeiro que o que el-rei lhe mandava em favor da Religião Cristã; para isto mandou chamar os principais índios das aldeias vizinhas desta Bahia, e assentou com eles pazes com condição que se abstivessem de comer carne humana, ainda que fosse de inimigos presos, ou mortos em justa guerra, e que recebessem em suas terras os padres da companhia, e os outros mestres da fé, e lhes fizessem casas em suas aldeias, onde se recolhessem, e templos onde dissessem missa aos cristãos, doutrinassem os catecumenos, e pregassem o Evangelho livremente; e porque a cobiça os portugueses tinha dado em cativar quantos podiam colher, fosse justa ou injustamente, proibiu o governador isto com graves penas, e mandou dar liberdade a todos os que contra justiça eram tratados como escravos.

Acudiu depois a vingar as injúrias dos índios cristãos, que outros seus vizinhos pagãos lhe faziam até chegar a matar alguns.

Pediu que lhe entregassem os homicidas, e perdoaria aos mais, mas eles fiados na sua multidão zombaram da sua petição; pelo que o governador em pessoa os cometeu dentro de suas terras, e feita neles grande matança, e queimadas mais de setenta aldeias, os desfez, de sorte que lhes foi forçado pedirem a paz, a qual lhes concedeu com as mesmas condições, que havia posto aos outros.

(...)

Da História do Brasil do Tempo que o Governou Manuel Teles Barreto até a Vinda do Governador Gaspar de Souza

Capítulo Primeiro: De como Veio Governar o Brasil Manuel Teles Barreto, e do que Aconteceu a umas Naus Francesas, e Inglesas no Rio de Janeiro, e S. Vicente

Como a Majestade de el-rei Filipe Segundo de Castela, e Primeiro de Portugal, foi jurado nele por rei no fim do ano de mil quinhentos e oitenta, sabendo da morte do governador do Brasil Lourenço da Veiga, mandou por governador Manuel Teles Barreto, irmão de Antônio Moniz Barreto, que foi governador da Índia; era de 60 anos de idade, e não só era velho nela, mas também de Portugal o Velho; a todos falava por vós, inda que fosse ao bispo, mas caía-lhe em graça, a qual não têm os velhos todos.

(...)

Capítulo Décimo Oitavo: Da Morte do Governador Manuel Teles Barreto, e como Ficaram em seu Lugar Governando o Bispo D. Antônio Barreiros, o Provedor-mor Cristóvão de Barros, e o Ouvidor-geral

Como o governador Manuel Teles Barreto era tão velho ainda antes de ver bem o fim destas guerras, enfermou e passou desta vida, que também é uma contínua guerra, como diz o Santo Job, quereria Deus que fosse para a triunfante, donde tudo é uma suma paz, glória, e bem-aventurança; foi este governador mui amigo, e favorável aos moradores, e o que mais esperas lhe concedeu, para que os mercadores os não executassem nas fábricas de suas fazendas, e quando se lhes iam queixar disso os despedia asperamente, dizendo que eles vinham a destruir a terra, levando dela em três ou quatro anos, que cá estavam, quanto podiam, e os moradores eram os que a conservavam, e acrescentavam com seu trabalho, e haviam conquistado à custa do seu sangue.

(...)

Da História do Brasil do Tempo que o Governou Gaspar de Souza até a Vinda do Governador Diogo Luiz de Oliveira

Capítulo Primeiro: Da Vinda do Décimo Governador do Brasil Gaspar de Souza, e como Veio por Pernambuco a Dar Ordem à Conquista do Maranhão

Sabida por Sua Majestade a nova da morte de d. Francisco de Souza, tornou a juntar o governo do Brasil todo em um, e o deu a Gaspar de Souza, e porque os franceses no ano de mil seiscentos e doze tinham a povoar o Maranhão, dizendo que não tinham os reis de Portugal mais direito nele que eles, pois Adão o não deixara em testamento mais a uns que a outros, com este pretexto trouxeram 12 religiosos da nossa Ordem Capuchinhos para converterem os gentios, meio eficacíssimo para com muita facilidade os pacificarem, e povoarem a terra; mandou Sua Majestade ao governador que viesse por Pernambuco para daí dar ordem a lançar os franceses do Maranhão, e o povoar e fortificar, pois era da sua conquista pela Coroa de Portugal, e que d. Diogo de Menezes, seu antecessor, se fosse para o reino, pois tinha acabado o seu triênio, e ficassem governando a Bahia enquanto ele a ela não vinha o chanceler Rui Mendes de Abreu, e o provedor-mor da fazenda Sebastião Borges, os quais por serem ambos muito velhos e enfermos, ajuntou o governador por sua provisão Baltazar de Aragão, aqui morador, por capitão-mor da guerra por terra, por ter aviso que vinham inimigos à terra, e em Pernambuco, para a do Maranhão a Jerônimo de Albuquerque, que mandou com cem homens por mar com quatro barcos descobrir os portos, e o que neles havia; o qual discorrendo a costa avante do Ceará foi até o Buraco das Tartarugas, e aí fez uma cerca, e deixou um presídio, donde mandando o capitão Martim Soares Moreno em um barco a descobrir o Maranhão, se tornou a Pernambuco a dar conta ao governador do que tinha feito, e pedir mais gente, e cabedal para a conquista, que o governador dilatou até a vinda de Martim Soares, e sua informação, ocupando-se entretanto no governo político, e administração da justiça, sem nesta fazer exceção de pessoas, pelo que era amado dos pequenos, e temido dos grandes; fez também fazer algumas obras importantes, como foi uma formosa casa para a alfândega sobre o varadouro, onde se desembarcam as fazendas das barcas, e algumas calçadas nas ruas da vila, e uma mui comprida no caminho de Jaboatão, onde com a muita lama atolavam os bois e carros, e não podiam trazer as caixas de açúcar dos engenhos.

Neste ínterim foi Martim Soares seguindo sua viagem, descobrindo e reconhecendo a baía, rios e portos do Maranhão, e por via de índios levou recado ao reino que estavam ali franceses em comércio, com o qual aviso mandou Sua Majestade ordem ao governador que tornasse a enviar a este descobrimento o dito Jerônimo de Albuquerque.

(...)

Bento Teixeira

Nasceu por volta de 1561 na cidade do Porto, em Portugal, e morreu em Lisboa, em 1600. Por ter passado uma parte de sua vida no Brasil, onde escreveu e publicou sua obra mais famosa, *Prosopopeia,* é considerado um escritor nacional. *Prosopopeia* é a primeira obra brasileira escrita com finalidade puramente literária, além de marcar o início do Barroco.

Prosopopeia

Poema inspirado no modelo camoniano, exalta a vida e as obras do donatário da capitania de Pernambuco, Jorge de Albuquerque Coelho, e de seu irmão, Duarte.

I
Cantem Poetas o Poder Romano,
Sobmetendo Nações ao jugo duro;
O Mantuano pinte o Rei Troiano,
Descendo à confusão do Reino escuro;
Que eu canto um Albuquerque soberano,
Da Fé, da cara Pátria firme muro,
Cujo valor e ser, que o Céu lhe inspira,
Pode estancar a Lácia e Grega lira.

(...)

III
E vós, sublime Jorge, em quem se esmalta
A Estirpe d'Albuquerques excelente,
E cujo eco da fama corre e salta
Do Carro Glacial à Zona ardente,
Suspendei por agora a mente alta
Dos casos vários da Olindesa gente,
E vereis vosso irmão e vós supremo
No valor abater Querino e Remo.

(...)

Narração

(...)

XV
Vem o velho Proteu, que vaticina
(Se fé damos à velha antiguidade)
Os males a que a sorte nos destina,
Nascidos da mortal temeridade.
Vem numa e noutra forma peregrina,
Mudando a natural propriedade.
Não troque a forma, venha confiado,
Se não quer de Aristeu ser sojigado.

(...)

Descrição do Recife de Pernambuco

(...)

XX
Pela entrada da barra, à parte esquerda,
Está uma lajem grande e espaçosa,
Que de Piratas fora total perda,
Se uma torre tivera suntuosa.
Mas quem por seus serviços bons não herda
Desgosta de fazer coisa lustrosa,
Que a condição do Rei que não é franco
O vassalo faz ser nas obras manco.

(...)

Canto de Proteu

(...)

XXVI
Vejo (diz o bom velho) que, na mente,
O tempo de Saturno renovado,
E a opulenta Olinda florescente
Chegar ao cume do supremo estado.

Será de fera e belicosa gente
O seu largo distrito povoado;
Por nome ter Nova Lusitânia,
Das Leis isenta da fatal insânia.

(...)

XXXI

Os braços vigorosos e constantes
Fenderão peitos, abrirão costados,
Deixando de mil membros palpitantes
Caminhos, arraiais, campos juncados;
Cercas soberbas, fortes repugnantes
Serão dos novos Martes arrasados,
Sem ficar deles todos mais memória
Que a qu'eu fazendo vou em esta História.

(...)

XXXV

Ó sorte tão cruel, como mudável,
Por que usurpas aos bons o seu direito?
Escolhes sempre o mais abominável,
Reprovas e abominas o perfeito,
O menos digno fazes agradável,
O agradável mais, menos aceito.
Ó frágil, inconstante, quebradiça,
Roubadora dos bens e da justiça!

(...)

XLVI

Na parte mais secreta da memória,
Terá mui escrita, impressa e estampada
Aquela triste e maranhada História,
Com Marte, sobre Vênus celebrada.
Verá que seu primor e clara glória
Há de ficar em Lete sepultada,
Se o braço Português vitória alcança
Da nação que tem nele confiança.

(...)

LX
Olhai o grande gozo e doce glória
Que tereis quando, postos em descanso,
Contardes esta larga e triste história,
Junto do pátrio lar, seguro e manso.
Que vai da batalha a ter vitória,
O que do Mar inchado a um remanso,
Isso então haverá de vosso estado
Aos males que tiverdes já passado.

(...)

LXII
Os heroicos feitos dos antigos
Tende vivos e impressos na memória:
Ali vereis esforço nos perigos,
Ali ordem na paz, digna de glória.
Ali, com dura morte de inimigos,
Feita imortal a vida transitória,
Ali, no mor quilate de fineza,
Vereis aposentada a Fortaleza.

(...)

LXIV

De que servem proezas e façanhas,
E tentar o rigor da sorte dura?
Que aproveita correr terras estranhas,
Pois faz um torpe fim a fama escura?
Que mais torpe que ver umas entranhas
Humanas dar a humanos sepultura,
Coisa que a natureza e lei impede,
E escassamente às Feras só concede.

(...)

LXXXI

Mas adonde me leva o pensamento?
Bem parece que sou caduco e velho,
Pois sepulto no Mar do esquecimento
A Duarte sem par, dito Coelho.
Aqui mister havia um novo alento
Do Poder Divinal e alto Conselho,
Porque não hai quem feitos tais presuma
A termo reduzir e breve suma.

(...)

Epílogo

(...)

XCIV

Aqui deu [fim] a tudo, e brevemente
Entra no Carro [de] Cristal lustroso;
Após dele a demais Cerúlea gente
Cortando a veia vai do Reino acoso.
Eu que a tal espetáculo presente
Estive, quis em Verso numeroso
Escrevê-lo por ver que assim convinha
Para mais Perfeição da Musa minha.

Nuno Marques Pereira

Nasceu em Cairu, Bahia, em 1652 e morreu em Lisboa, Portugal, em 1728. Padre que se dedicou à prosa, obteve grande aceitação com a obra *Compêndio Narrativo do Peregrino da América* (1728), de cunho religioso e moralista. Foi Patrono da cadeira 7 da Academia Brasileira de Letras.

Compêndio Narrativo do Peregrino da América

Obra de caráter moralista que retrata, ao mesmo tempo em que critica, os vícios e as misérias dos habitantes do Brasil, ressaltando e elogiando a única virtude da terra, isto é, suas belezas naturais.

Capítulo I

(...)

Faça muito por adquirir seis virtudes, que são: Piedade de Religião, Estimação de Justiça, Prudência, Fortaleza, Magnanimidade, e Temperança. Observe também quatro meios de virtudes morais, e mui necessárias, para ter estimação, e sabedoria. O primeiro, apartar de si todo o mau exemplo de opiniões, e leituras, que não forem dirigidas a Deus. O segundo, fugir de ruins companhias, procurando imitar aos virtuosos e sábios. O terceiro, ser tão bom no interior, como deseja aparecer no exterior. O quarto, e último, empregar o entendimento em conhecer, e a vontade em eleger o que é verdadeiramente bom. Porque são os meios de grande aproveitamento para com Deus e os homens. E quem assim se ocupar em sua vida, e peregrinação, mediante a graça de Deus, alcançará o prêmio do fruto, que deseja, que é o Reino do Céu.

Senhor, (lhe disse eu) mui pago e satisfeito estou do que me tendes dito, e aconselhado. Porém, pergunto: Como se há de um homem constituir em tão sólidos e perfeitos documentos, sem ter ciência, ou Mestre, que o ensine?

(...)

Capítulo II

(...)

Diz Sêneca, que as riquezas fazem aos homens altivos, soberbos e invejosos: e que poucos são os Ricos e Grandes do mundo, que não tenham estes efeitos consigo. Ao Duque de Ossuna, que em Nápoles tinha grangeado o nome de Bom Soldado, mandou prender El-Rei Filippe III por haver incorrido em ódio da nobreza, por soberbo, altivo e ambicioso: todavia ficou suspeitosa a prisão. Porém o certo é, que a ambição domina a razão.

Finalmente, é a ambição a que mais brevemente nos tira a paz, e sossego, e abrevia a vida. De Alexandre Magno se conta, que sendo tão esforçado na guerra, como favorecido das venturas, e riquezas do mundo, acabou a vida no breve curso de seus anos, não chegando ao fim da idade, pela grande apetência de mais mundos vencer. E talvez viveria mais, se não fora tão soberbo, e ambicioso de glórias vaidosas. Porque é certo que quem se não contenta com o que tem, vem a perder o que mais deseja.

(...)

Capítulo III

(...)

Haveis de saber (lhe disse eu) que o ouro per si é um metal mui nobre, e perfeito, e por isso de muita estimação e valor, por ser gerado dos Astros e do calor do Sol; e por essa razão, tão alegre à vista, como agradável ao coração. Este, posto na mão e poder de um homem Cristão, pio, virtuoso, e esmoler, fica realçando mais; porque se vê resplandecer nas igrejas, luzir nos Altares, vestindo aos nus, sustentando aos pobres, e prestando aos necessitados. Porém, se dá em mão e poder de um mau Cristão, ambicioso, avarento e vicioso, é o mesmo que uma espada nas mãos de um louco furioso. E para que melhor me entendais, vos quero mostrar os efeitos do ouro por um exemplo, e talvez que com novidade, segundo o que me parece.

É a Filosofia uma das Ciências, de que se faz maior estimação e apreço, por ser porta de todas as faculdades. Esta sabida por um Gentio, ficará grande Filósofo; porém grande Idólatra. Aprendida por um Cismático, ficará grande Mestre em Artes; porém grande Apóstata. Ensinada a um Calvinista, ou Luterano, ficarão grandes Bacharéis; porém grandes Hereges. Estudada e praticada por um Católico Cristão, ficará perfeito Licenciado, e com licença para poder falar, realçando com maior lustre de saber, aproveitando-se a si, e a todos: porque com ela colhe o verdadeiro fruto das Escrituras, com que se aproveita; e os reparte pelos mais com liberal graça do Espírito Santo, enchendo-os dos bens espirituais. E reparai, que sendo a Ciência uma só, e talvez aprendida de um só Mestre, toma os efeitos, segundo os sujeitos, em que se acha.

(...)

Capítulo IV

(...)

Declaro porém, e digo, que não é meu intento neste discurso encontrar, nem dissuadir que se deem esmolas aos verdadeiros pobres; porque não seria acerto intrometer-se alguém (exceto aqueles, a quem incube) em examinar aos pobres, que lhe pedirem esmolas: mas antes cada um entenda, que é justo dá-la a quem a pedir pelo amor de Deus. Porque se soubessem os homens o quanto obram pelo bem, que fazem de dar esmolas, não só as dariam aos que lh'as pedem em suas casas; mas também andariam buscando pelas ruas a quem as dar, para terem este grande merecimento.

Diz S. Basilio em uma Homilia: Se tiveres dois pães, e chegar um pobre à tua porta, toma um, e dá-lh'o pelo amor de Deus; e levanta as mãos para o Céu, e dize estas palavras: Senhor, este pão vos dou por vosso amor, com perigo meu: mas eu estimo em mais vosso mandamento, que meu proveito; e deste pouco que tenho, dou um pão ao que o há mister.

(...)

Capítulo V

(...)

Sabei, Senhor, (lhe disse eu) que cheguei a tempo, que se estava dando princípio a uma Missa, a qual ouvi. E depois de fazer oração ao Santíssimo Sacramento, me cheguei ao reclinatório, onde vi o Menino Jesus, Maria Santíssima, e S. José: e com os olhos arrasados em lágrimas de puro gozo de ver aquele Céu cá na terra, falando com o Divino Infante, lhe disse:

Como, meu belo Menino,
Nesse presépio deitado!
Sendo vós uma flor bela,
Como vindes buscar cravos?

Tiritando estais de frio
Em um incêndio abrasado,
Unindo esses dois extremos
De ser divino, e humano.

Bem tomara, meu Amante,
Neste peito reclinar-vos;
Mas receio que por frio
Vos não dê bom agasalho.

Porém agora conheço,
Meu Divino Soberano,
Que do vosso amor foi traça,
Por me livrar do pecado.

Por isso agora, meu Deus,
Diante de vós prostrado
Vos venho pedir perdão,
Nas valias confiado.

Peço-vos, por vossa Mãe.
Pois conheço ser de agrado
A vossos santos ouvidos
O mimo de seus afagos:

E também por S. José,
Aquele bendito Santo,
Que logrou o privilégio
De vos assistir por Aio:

Que me perdoeis, Senhor,
Para que deste letargo
Me possa livrar da culpa,
Em que me vejo engolfado.

E olhando para a Senhora, lhe disse:

E Vós, Sagrada Senhora,
Amparo de pecadores,
Atendei a meus clamores,
Com que vos invoco agora.

Ajuda peço, e socorro,
Para me poder livrar
Do pelago deste mar,
Onde já me afogo, e morro.

Pois sois rutilante Sol
Para os tristes navegantes,
Sendo eu um dos errantes,
Sede vós o meu farol.

E porque estais em lugar,
Que tendes a Deus presente,
Sendo vós Mãe tão clemente,
Perdão espero alcançar.

E como sei de certeza,
Que vós sois meu amparo,
Socorro peço e reparo
À minha grande tibieza.

Para que com clara luz
Possa melhor acertar,
E dos meus erros livrar
Para sempre. Amém Jesus.

(...)

Capítulo VII

(...)

Tem a Cruz quatro partes, em que se divide: a estas se mostram na forma em que a vistes pintada e escrita no princípio deste discurso. A primeira é a Fé, a segunda Esperança, a terceira Caridade, e a quarta Humildade. E para poder estar levantada, é necessário que fique a Humildade fixa em parte sólida; porque se não poderá ver bem este estandarte, ou triunfo, se não se estribar nas bases da Humildade: e assim é certo, que ninguém pode acertar com o caminho do Céu, sem levar por guia a Cruz. Esta foi a razão, porque disse Cristo Bem nosso: Se alguém quer vir após mim, tome a sua Cruz, e siga-me (Mt 16, 24). Porque a Cruz é o princípio, meio, e fim eficaz da nossa salvação; por ter sido o princípio de toda a formação do gênero humano principiado em Adão.

(...)

Sebastião da Rocha Pita

Nasceu e morreu em Salvador, Bahia (1660-1738). Historiador, advogado e poeta, é autor de *História da América Portuguesa* (1730).

Foi membro da Academia Real de História Portuguesa.

História da América Portuguesa

Abrange os anos de 1500, tratando do descobrimento do Brasil, até 1724, momento de intensa exploração das jazidas de ouro em Minas Gerais.

Mais do que uma descrição, faz uma investigação dos costumes e da vida da época.

Livro Primeiro

(...)

Em nenhuma outra região se mostra o céu mais sereno, nem madruga mais bela a aurora; o sol em nenhum outro hemisfério tem os raios tão dourados, nem os reflexos noturnos tão brilhantes; as estrelas são as mais benignas, e se mostram sempre alegres; os horizontes, ou nasça o sol, ou se sepulte, estão sempre claros; as águas, ou se tomem nas fontes pelos campos, ou dentro das povoações nos aquedutos, são as mais puras: é enfim o Brasil terreal paraíso descoberto, onde têm nascimento e curso os maiores rios; domina salutífero clima; influem benignos astros, e respiram auras suavíssimas, que o fazem fértil e povoado de inumeráveis habitadores, posto que por ficar debaixo da tórrida zona o desacreditassem e dessem por inabitável Aristóteles, Plínio e Cícero, e com gentios os padres da Igreja Santo Agostinho e Beda, que a terem experiência deste feliz orbe, seria famoso assunto das suas elevadas penas, aonde a minha receita voar, posto que o amor da pátria me dê as asas, e a sua grandeza me dilate a esfera.

(...)

Livro Segundo

A potentíssima província da Bahia, posto que não fosse a primeira pela antiguidade da sua povoação, descreveremos em lugar primeiro pela grandeza da sua dignidade; pois sendo cabeça do Estado, deve preferir aos outros membros, aos quais leva por muitos títulos vantagens, que sobram a dar-lhe esta precedência, ainda quando não lograra aquela prerrogativa. Está em altura de treze graus: el-rei D. João III a deu a Francisco Pereira Coutinho, que foi o primeiro que veio a povoá-la depois de Diogo Álvares Correia, que a habitou, e de Cristóvão Jacques, que a descobriu. Chegara Francisco Pereira Coutinho da Índia com grandes cabedais de merecimentos e fazenda, e conseguida a mercê real, preveniu uma esquadra de naus, em que acompanhado de gente nobre para a habitar, e de guerra para a defender, a veio conquistar; e sujeitando aos gentios da ação dos Tupinambás, que o senhoreavam, a possuiu prosperamente alguns anos com engenhos e outras muitas lavouras, que ia colhendo interesses grandes.

(...)

Livro Terceiro

Escolhida por tantas e tão relevantes qualidades a Bahia para cabeça do Brasil, mandou el-rei D. João III por primeiro governador dela e capitão-geral de todo o Estado a Tomé de Souza, por nascimento ilustre e por prerrogativas benemérito da confiança que fez da sua pessoa para um governo grande e novo, de cujos princípios pendia o estabelecimento do domínio português na América, e a boa direção do império que vinha a fundar; e não se arrependeu aquele monarca da escolha, porque as ações e procedimentos do governador qualificaram a eleição. Tinha servido em África e Ásia, com tantas provas de valor no exercício militar, como experiências do governo político, e só lhe faltava fazer também a América teatro das suas glórias na conquista dos gentios e na instituição da república, alcançando vitórias com as armas e impondo leis com os preceitos. Chegou no ano de mil e quinhentos e quarenta e nove, em uma frota de cinco naus, que conduziam luzida gente e todos os aprestos precisos a uma grande conquista e fundação.

(...)

Livro Quarto

(...)

Esta guerra dos Holandeses no Brasil anda difusamente narrada na *Nova Lusitânia*, no *Castrioto Lusitano* e ultimamente tocada no *Portugal Restaurado* (um dos maiores assuntos e uma das melhores histórias da nação portuguesa, escrita pela excelentíssima pena de autor por muitos títulos grande, que introduz todos os sucessos da monarquia com tal erudição, clareza e individuação, como se só escrevera de cada um); por esta causa a relataremos sucintamente, tomando dela só o fio preciso para a teia da nossa história.

Estava a Bahia no descuido e grandeza que costumam resultar da longa paz, porque tendo os Portugueses conquistado aos gentios as terras que já a constituíam um empório grande, tratavam de as cultivar com maior jactância de as possuir que temor de as perder; retirados já aqueles contrários ao interior dos sertões, faltava do furor das armas até o ruído. Esquecidos os moradores das frechas dos inimigos naturais, não cuidavam das balas dos estranhos, porque nos ânimos que envilece o ócio, ou a opulência entorpece, não fazem consternação os perigos no ameaço, senão na ruína.

(...)

Livro Quinto

Tinha chegado o venturoso prazo do felicíssimo ano de mil e seiscentos e quarenta, no último mês em que terminava o seu misterioso círculo, ponto em que acabavam as desgraças de Portugal e principiavam as suas felicidades; limite prescrito das profecias do nosso Encoberto; termo dilatado e apetecido das nossas esperanças e tempo da segunda cláusula da promessa de Deus Nosso Senhor, feita a el-rei D. Afonso Henriques, de que a primeira fora a vitória que nos deu no Campo de Ourique, fundamento sobre que a Divina Majestade quis se firmasse a máquina da monarquia portuguesa, que em complemento da última parte do seu soberano oráculo há de ser o único permanente e maior império de todos os quatro tão opulentos e inconstantes que teve o mundo.

(...)

Livro Sexto

Ficou pelo testamento del-rei nomeada a sereníssima senhora D. Luísa sua esposa por tutora dos senhores infantes seus filhos, e regente do reino na menoridade do príncipe seu sucessor. Dezesseis anos que contava de rainha em uma monarquia contrastada de tão poderosos contrários e tão vários acidentes, lhe deram experiências com que na absoluta regência do reino pôde com grandes acertos encarregar-se de todo aquele peso de que já sustentava tanta parte, assistindo com ânimo varonil e real a todos os conselhos e arbítrios sobre a defensa e regímen do reino e das conquistas, a que se aplicava agora com tanto mais empenho quanto era maior a obrigação, sendo as suas resoluções admiradas e aplaudidas em todas as cortes de Europa, e até naquelas menos interessadas na restauração de Portugal.

(...)

Livro Sétimo

Aos três governadores, depois de mais de dois anos de governo, sucedeu no de mil e seiscentos e setenta e oito, com o posto de mestre do campo general, Roque da Costa Barreto. Era de nascimento claro, de valor heroico e grande entendimento; prerrogativas que lhe granjearam na campanha e na corte estimações e postos relevantes, e se achava atualmente exercendo o de sargento-mor de batalha da província de Estremadura; e fez um governo tão admirável, que não permite a nenhum dos mais célebres parecer maior, sendo o seu memorado entre os mais famosos e plausíveis. No cuidado da observância da justiça e no aumento da república foi um sumo grau cabal; no desinteresse não conheceu vantagem ao mais independente, e no serviço real se não deixou preferir do mais zeloso.

(...)

Suplemento Literário

Barroco

O que É Literatura?

Pintura, escultura, música, dança, literatura, entre outras formas de arte, permitem ao ser humano expressar-se e representar seu sentimento e pensamento a respeito do mundo e fatos à sua volta.

A literatura é a arte de compor obras com o uso da linguagem, oral ou escrita. A partir dessa colocação, alguns poderiam entender que uma piada ou mesmo uma pichação seriam literatura. E essa é uma discussão polêmica.

O que entendemos por literatura enquanto arte, e que faz parte do currículo escolar, é a forma de expressão de homens e mulheres que, por suas características, deram às palavras vários significados e denotações, criaram textos de ficção ou representaram a realidade de uma época, seus valores, conceitos, anseios e costumes. Seus textos em verso, em prosa, para teatro, ultrapassaram os séculos e continuam vívidos até os nossos dias.

Os Movimentos Literários

Os escritores, e os artistas de um modo geral, sofrem influência dos acontecimentos e valores de sua época. Pense, por exemplo, em alguns conjuntos de música que estão em moda no início deste século XXI: ao compará-los surgirão algumas características em comum. O mesmo se dá com os autores de obras literárias, escultores ou pintores de uma época. Assim, tomando-se um período de tempo, é possível identificar semelhanças tanto na emoção do conteúdo quanto na forma de expressão.

Ao lado, colocados em uma linha do tempo, os principais movimentos literários brasileiros. Alguns deles podem ser subdivididos segundo características de autores e obras ainda mais específicas. Observe suas principais características, como um movimento se distingue do anterior e os fatos marcantes do período histórico.

Características	Situação Mundial	Situação Brasileira
Dualismo Presença marcante de antíteses, metáforas, hipérboles Pessimismo Cultismo Conceptismo	• Fim da hegemonia de Portugal e domínio espanhol • Apoio à Contra-Reforma contra os ideais protestantes	• Apogeu das plantações de cana-de-açúcar • Invasões holandesa e francesa • Escravidão
Bucolismo • Inspiração das ideias clássicas • Simplicidade • Equilíbrio • Harmonia	• Iluminismo • Revolução Francesa • Independência das colônias inglesas da América do Norte • Revolução Industrial	• Inconfidência Mineira • Exploração das minas de ouro • Escravidão
• Oposição ao clássico • Culto à natureza • Idealização da mulher • Nacionalismo • Egocentrismo • Sentimentalismo	• Burguesia x proletariado • Revolução Francesa • Independência das colônias portuguesas e espanholas	• Vinda da Família Real • Independência política • Revoltas do período regencial: Cabanagem, Sabinada, Balaiada, Malês e Farrapos • Escravidão
• Objetivismo • Valorização da realidade • Linguagem esmerada, trabalhada, minuciosa • Arte pela Arte	• Nova Revolução Industrial • Positivismo • Evolucionismo • Ideias socialistas difundidas por Karl Marx • Nacionalismo na Europa	• Guerra do Paraguai • Abolição da escravatura • Extinção da monarquia e proclamação da República • Decadência da economia açucareira e ascensão da produção de café
• Musicalidade • Negação ao positivismo • Misticismo • Subjetivismo • Pessimismo	• Imperialismo europeu • Neocolonialismo na Ásia e África • Primeira Guerra Mundial • Revolução Russa • Movimentos totalitários: fascismo e nazismo	• Política do café com leite • Momento das grandes revoltas do período republicano • Revoltas: Federalista, da Armada e de Canudos
• Descrição precisa da realidade • Foco nas classes marginalizadas: sertanejos, mulatos etc.	• Primeira Guerra Mundial • Surgimento das vanguardas europeias: futurismo, dadaísmo, cubismo, expressionismo	• Reformas urbanas no RJ • Revoltas da Vacina e da Chibata • Origem da burguesia urbana • Imigração europeia • Industrialização e organização do operariado

Barroco

O Barroco é um movimento artístico que compreende o século XVII e metade do século XVIII, inspirado pela religiosidade, ainda que repressiva, da Contra-Reforma. Nesse clima, há uma tentativa de conciliar, novamente, o homem e Deus, em um retorno à tradição cristã. O conflito entre o espiritualismo da Idade Média e o racionalismo do Renascimento cria um antagonismo que está presente em todo o movimento.

A palavra *barroco* quer dizer *pérola irregular, imperfeita*; tal imagem se adéqua perfeitamente às características do movimento, que se devem ao dualismo resultante do conflito entre o teocentrismo e o antropocentrismo.

Características do Movimento

- **Contradições:** a dualidade que caracteriza o Barroco está presente nas várias formas de expressão do ser humano (literatura, música, arquitetura). Principalmente nas obras literárias, as contradições se apresentam o tempo todo, lado a lado.

- **Uso excessivo de figuras de linguagem:** o Barroco é um movimento de exagero por excelência, tanto emocional quanto formal. Neste plano, as figuras de linguagem ganham preferência, principalmente as metáforas (comparações), antíteses e paradoxos (aproximação de palavras e ideias opostas), hipérboles (exageros) e sinestesias (mistura de sensações), caracterizando seu estilo irregular.

- **Temática pessimista:** o homem barroco se vê entre o céu e o inferno, entre o divino e o profano, entre o material e o espiritual. Disso decorre seu pessimismo diante da vida, que é vista como uma experiência efêmera e marcada pela dor.

- **Estilo rebuscado:** o artista do Barroco procura um estilo refinado e trabalhado. Na literatura, aparecem duas características fundamentais: o cultismo (jogo de palavras encontrado principalmente na poesia) e o conceptismo (jogo de ideias encontrado principalmente na prosa).

Considera-se que o Barroco na literatura brasileira compreende o período que vai da publicação da obra *Prosopopeia* (1601), de Bento Teixeira, até 1768; nesse ano, Cláudio Manuel da Costa publica suas *Obras Poéticas*, que marca o início do Arcadismo.

Em terras nacionais, o que predomina durante o movimento é a poesia cultista, com forte influência dos padrões camonianos. Aqui, aparece uma característica barroca que é exclusiva do Brasil: o nativismo. Autores como Frei Manuel de Santa Maria Itaparica, Frei Vicente do Salvador e Sebastião da Rocha Pita fazem uma minuciosa descrição do país, como forma de louvar a terra.

Os principais autores do Brasil são Padre Antônio Vieira na prosa e Gregório de Matos na poesia.

Teste seus Conhecimentos

1. (Cefet – MG) São características do Barroco, EXCETO

a. sentimento repleto de contradições.
b. soberania da razão em detrimento do conflito.
c. linguagem obscura e expressão indireta das ideias.
d. tempo interligado ao fim da beleza e ao tema da morte.

2. (Cefet – MG) O Barroco, estilo dominante no século XVII, relaciona-se à(ao)

a. ideal do liberalismo e da democracia no Ocidente.
b. evolucionismo, com sua doutrina de seleção natural.
c. Contra-Reforma, na tentativa de retomar a tradição cristã.
d. reaproximação do autor com a natureza serena e bucólica.

3. (MACK – SP) Assinale a alternativa INCORRETA.

a. Em seus sermões, de estilo conceptista, o Padre Antônio Vieira segue os moldes da parenética medieval.
b. Caracteriza o Barroco a tentativa de unir os valores medievais aos renascentistas.
c. O poema épico *Prosopopeia* foi escrito em versos decassílabos e oitava-rima e é considerado o marco inicial do Barroco no Brasil.
d. Apesar de conhecido como poeta satírico, Gregório de Matos também escreveu poesia lírica e religiosa.
e. O cultismo caracteriza-se como uma sequência de raciocínios lógicos, usando uma retórica aprimorada, que despreza a linguagem rebuscada.

4. (UEL – PR – modificada) O Barroco na Europa manifesta-se entre os séculos XVI e XVII, momento em que os ideais da Reforma entram em confronto com a Contra-Reforma católica, ocasionando no plano das artes uma difícil conciliação entre o teocentrismo e o antropocentrismo. A alternativa que contém os versos que melhor expressam este conflito é:

a. Um paiá de Monal, bonzo bramá,
Primaz da Cafraria do Pegu,
Que sem ser do Pequim, por ser do Açu,
Quer ser filho do sol, nascendo cá.

Gregório de Matos

b. Temerária, soberba, confiada,
Por altiva, por densa, por lustrosa,
A exaltação, a névoa, a mariposa,
Sobe ao sol, cobre o dia, a luz lhe enfada.

Botelho de Oliveira

c. Fábio, que pouco entendes de finezas!
Quem faz só o que pode a pouco obriga:
Quem contra os impossíveis se afadiga,
A esse cede amor em mil ternezas.

Gregório de Matos

d. Luzes qual sol entre astros brilhadores,
Se bem rei mais propício, e mais amado;
Que ele estrelas desterra em régio estado,
Em régio estado não desterras flores.

Botelho de Oliveira

e. Pequei Senhor; mas não porque hei pecado,
Da vossa alta clemência me despido;
Porque quanto mais tenho delinquido,
Vos tenho a perdoar mais empenhado.

Gregório de Matos

5. (Unopar – PR) Considere as seguintes afirmações:

I. A temática e a linguagem barroca expressam os conflitos experimentados pelo homem do século XVII.

II. A linguagem barroca caracteriza-se pelo emprego de figuras, como a comparação e a alegoria, entre outras.

III. A antítese e o paradoxo são as figuras que a linguagem barroca emprega para expressar a divisão entre mundo material e mundo espiritual.

IV. A estética barroca privilegia a visão racional do mundo e das relações humanas, buscando na linguagem a fuga às constrições do dia a dia.

Dentre elas, apenas

a. I e III estão corretas.

b. II e IV estão corretas.

c. III está correta.

d. I, II e IV estão corretas.

e. I, II e III estão corretas.

Texto para as questões 6 e 7.

(UFSM – RS) Leia o trecho a seguir.

"Por isto são maus ouvintes os de entendimentos agudos. Mas os de vontades endurecidas ainda são piores, porque um entendimento agudo pode-se ferir pelos mesmos fios e vencer-se uma agudeza com outra maior; mas contra vontades endurecidas nenhuma coisa aproveita a agudeza, antes dana mais, porque quando as setas são mais agudas, tanto mais facilmente se despontam na pedra. Oh! Deus nos livre de vontades endurecidas, que ainda são piores que as pedras."

Padre Antônio Vieira, *Sermão da Sexagésima*

6. A afirmação "um entendimento agudo pode-se ferir pelos mesmos fios e vencer-se uma agudeza com outra maior" confrontada com os versos "[ó Madre Natureza] troca desta alma a fria morbideza / nessa ubérrima seiva soberana", de Castro Alves, possibilita afirmar:

I. Os dois registros postulam a transformação do homem, o primeiro pela fé na palavra divina, o segundo pela crença na força da natureza.

II. Enquanto o primeiro registro afirma a força persuasiva da palavra e da ideia, o segundo sugere que a fertilidade do ambiente natural é uma força poderosa que pode agir sobre a vontade humana.

III. O primeiro autor, barroco, vê a dificuldade de moldar certas inteligências, enquanto o segundo enxerga a submissão da vontade humana diante da natureza.

Está(ão) correta(s)

a. apenas I.
b. apenas I e III.
c. apenas II e III.
d. apenas II.
e. I, II e III.

7. Pelo trecho reproduzido, pode-se concluir que o *Sermão da Sexagésima* trata da

a. problemática da pregação religiosa, considerando as figuras dos pregadores e dos fiéis.
b. necessidade do engajamento dos fiéis nas batalhas contra os holandeses.

c. perseguição sofrida pelo pregador em função de apoio que emprestava a índios e negros.
d. exortação que o pregador fazia em favor de seu projeto de criar a Campanha das Índias Ocidentais.
e. condenação aos governantes locais que desobedeciam os princípios do mercantilismo seiscentista.

8. (FEI – SP) "Não é o homem um mundo pequeno que está dentro do mundo grande, mas é um mundo grande que está dentro do pequeno. Baste por prova o coração humano, que sendo uma pequena parte do homem, excede na capacidade a toda a grandeza do mundo. (...) O mar, com ser um monstro indômito, chegando às areias, para; as árvores, onde as põem, não se mudam; os peixes contentam-se com o mar, as aves com o ar, os outros animais com a terra. Pelo contrário, o homem, monstro ou quimera de todos os elementos, em nenhum lugar para, com nenhuma fortuna se contenta, nenhuma ambição ou apetite o falta: tudo confunde e como é maior que o mundo, não cabe nele."

Podemos reconhecer neste trecho do Padre Antônio Vieira:

a. o caráter argumentativo típico do estilo barroco (século XVII).
b. a pureza de linguagem e o estilo rebuscado do escritor árcade (século XVIII).
c. uma visão de mundo centrada no homem, própria da época romântica (princípio do século XIX).
d. o racionalismo comum dos escritores da escola realista (final do século XIX).
e. a consciência da destruição da natureza pelo homem, típica de um escritor moderno (século XX).

9. (UFSM – RS) Leia o trecho de um sermão do Padre Antônio Vieira:

"Será porventura o estilo que hoje se usa nos púlpitos um estilo tão empeçado, um estilo tão dificultoso, um estilo tão afetado, um estilo tão encontrado a toda parte e a toda a natureza? O estilo há de ser muito fácil e muito natural. Compara Cristo o pregar e o semear, porque o semear é uma arte que tem mais de natureza que de arte."

O objetivo do autor é

a. destacar que a naturalidade – propriedade da natureza – pode tornar mais claro o estilo das pregações religiosas.

b. salientar que o estilo usado na igreja, naquela época, não era afetado nem dificultoso.

c. argumentar que a lição de Cristo é desnecessária para os objetivos da pregação religiosa.

d. lamentar o fato de os sermões serem dirigidos dos púlpitos, excluindo da audiência as pessoas que ficavam fora da igreja.

e. mostrar que, segundo o exemplo de Cristo, pregar e semear afetam o estilo, porque são práticas inconciliáveis.

10. (UFSCar – SP) "O pregar há de ser como quem semeia, e não como quem ladrilha ou azuleja. Ordenado, mas como as estrelas. (...) Todas as estrelas estão por sua ordem; mas é ordem que faz influência, não é ordem que faça lavor. Não fez Deus o céu em xadrez de estrelas, como os pregadores fazem o sermão em xadrez de palavras. Se de uma parte há de estar branco, da outra há de estar negro; se de uma parte está dia, da outra há de estar noite; se de uma parte dizem luz, da outra hão de dizer sombra; se de uma parte dizem desceu, da outra hão de dizer subiu. Basta que não havemos de ver num sermão duas palavras em paz? Todas hão de estar sempre em fronteira com o seu contrário? Aprendamos do céu o estilo da disposição, e também o das palavras.

Padre Antônio Vieira, *Sermão da Sexagésima*

No texto, Vieira critica um certo estilo de fazer sermão, que era comum na arte de pregar dos padres dominicanos da época. O uso da palavra "xadrez" tem o objetivo de

a. defender a ordenação das ideias em um sermão.

b. fazer alusão metafórica a um certo tipo de tecido.

c. comparar o sermão de certos pregadores a uma verdadeira prisão.

d. mostrar que o xadrez se assemelha ao semear.

e. criticar a preocupação com a simetria do sermão.

11. (UFRGS – RS) Assinale com V (verdadeiro) ou F (falso) as afirmações abaixo sobre os dois grandes nomes do Barroco brasileiro.

( ) A obra poética de Gregório de Matos oscila entre os valores transcendentais e os valores mundanos, exemplificando as tensões do seu tempo.

( ) Os sermões do Padre Vieira caracterizam-se por uma construção de imagens desdobradas em numerosos exemplos que visam a enfatizar o conteúdo da pregação.

( ) Gregório de Matos e o Padre Vieira, em seus poemas e sermões, mostram exacerbados sentimentos patrióticos expressos em linguagem barroca.

( ) A produção satírica de Gregório de Matos e o tom dos sermões do Padre Vieira representam duas faces da alma barroca no Brasil.

( ) O poeta e o pregador alertam os contemporâneos para o desvio operado pela retórica retumbante e vazia.

A sequência correta de preenchimento dos parênteses, de cima para baixo, é

a. V – F – F – F – F
b. V – V – V – V – F
c. V – V – F – V – F
d. F – F – V – V – V
e. F – F – F – V – V

12. (UFRGS – RS) Quanto ao período Barroco e seus representantes na literatura colonial brasileira, é correto afirmar que

a. os sermões de Antônio Vieira apresentam uma retórica complexa pela exuberância de imagens e pelos postulados morais e religiosos.
b. a obra de Gregório de Matos se distingue pela sua unidade temática, expressa por um tom satírico.
c. a poesia irreverente de Gregório de Matos satiriza diferentes tipos sociais, exceção feita aos representantes da Igreja.
d. o predomínio dos valores transcendentais, motivados pela Reforma, marca o estilo barroco da obra de Vieira.
e. Gregório de Matos se ateve ao uso da língua culta da Metrópole, ao contrário de Vieira, que utilizou termos indígenas, africanos e populares.

13. (UFSM – RS) A respeito da poesia de Gregório de Matos, assinale a alternativa INCORRETA.

a. Tematiza motivos de Minas Gerais, onde o poeta viveu.
b. A lírica religiosa apresenta culpa pelo pecado cometido.
c. As composições satíricas atacam governantes da colônia.
d. O lirismo amoroso é marcado por sensível carga erótica.
e. Apresenta uma divisão entre prazeres terrenos e salvação eterna.

14. (UFRRJ) Descreve o que era naquele tempo a cidade da Bahia

A cada canto um grande conselheiro
Que nos quer governar a cabana, e vinha,
Não sabem governar sua cozinha,
E podem governar o mundo inteiro.

Em cada porta um frequentado olheiro,
Que a vida do vizinho, e da vizinha
Pesquisa, escuta, espreita, e esquadrinha,
Para a levar à Praça, e ao Terreiro.

Muitos mulatos desavergonhados,
Trazidos pelos pés os homens nobres,
Posta nas palmas toda a picardia.

Estupendas usuras nos mercados,
Todos, os que não furtam, muito pobres,
E eis aqui a cidade da Bahia.

MATOS, Gregório de. In: BARBOSA, F. (Org.) *Clássicos da Poesia Brasileira.* Rio de Janeiro: Klick Editora, 1998. p. 24-25.

A crítica à incapacidade dos portugueses de governar o Brasil e a consequente pobreza do povo são temas presentes nesse poema barroco de Gregório de Matos e representam uma característica retomada, mais tarde, pelo Romantismo. Essa característica é

a. o sentimento nativista.
b. a preferência pelo soneto.
c. a denúncia da escravidão.
d. a tendência regionalista.
e. a volta ao passado histórico.

15. (UFRRJ) Moraliza o Poeta nos Ocidentes do Sol as Inconstâncias dos Bens do Mundo.

Nasce o Sol, e não dura mais que um dia,
Depois da Luz se segue a noite escura,
Em tristes sombras morre a formosura,
Em contínuas tristezas a alegria.

Porém se acaba o Sol, por que nascia?
Se formosa a Luz é, por que não dura?
Como a beleza assim se transfigura?
Como o gosto da pena assim se fia?

Mas no Sol, e na Luz falte a firmeza,
Na formosura não se dê constância,
E na alegria sinta-se tristeza.

Começa o mundo enfim pela ignorância,
E tem qualquer dos bens por natureza
A firmeza somente na inconstância.

GUERRA, Gregório de Matos. *Antologia poética.* Rio de Janeiro: Ediouro, 1991. p. 84.

O texto de Gregório de Matos possui muitas antíteses, que são usadas nos textos barrocos para

a. traduzir o conflito humano.
b. rejeitar o vocabulário popular.
c. personificar seres inanimados.
d. marcar a presença do onírico.
e. detalhar a arte poética.

16. (UCS – RS) Escolha a alternativa que completa de forma correta a frase abaixo.

A poesia de Gregório de Matos, associada ao __________, pode ser dividida em __________, __________ e __________.

a. Barroco	lírica	religiosa	satírica
b. Romantismo	épica	lírica	religiosa
c. Parnasianismo	lírica	satírica	nacionalista
d. Barroco	satírica	lírica	épica
e. Arcadismo	indianista	religiosa	satírica

17. (UFRGS – RS) Sobre a poesia de Gregório de Matos Guerra é correto afirmar que *a.* privilegia os cenários bucólicos percorridos por pastores e ninfas examinados de uma perspectiva satírica e irônica.

b. expõe em sintaxe simples o caráter sereno e amoroso de um pastor que corteja sua amada com promessas de vida amena e burocrática.

c. expõe em sintaxe complexa e com metáforas antitéticas os dilemas do amor e do espírito no quadro da Contra-Reforma.

d. privilegia o cenário urbano para denunciar as arbitrariedades da Inquisição e o racismo dos portugueses instalados na colônia.

e. privilegia os cenários palacianos em que ocorrem intrigas e conspirações envolvendo nobres burocratas, monges e prostitutas.

Texto para as questões 18 e 19.

Neste mundo é mais rico, o que mais rapa:
Quem mais limpo se faz, tem mais carepa:
Com sua língua ao nobre o vil decepa:
O Velhaco maior sempre tem capa.

Gregório de Matos

18. (Unifesp) Nos versos, o eu lírico deixa evidente que:

a. uma pessoa se torna desprezível pela ação do nobre.

b. o honesto é quem mais aparenta ser desonesto.

c. geralmente a riqueza decorre de ações ilícitas.

d. as injúrias, em geral, eliminam as injustiças.

e. o vil e o rico são vítimas de severas injustiças.

19. (Unifesp) Levando em consideração que, em sua produção literária, Gregório de Matos dedicou-se também à sátira irreverente, pode-se afirmar que os versos se marcam

a. pelo sentimentalismo, fruto da sintonia do eu lírico com a sociedade.

b. pela indiferença, decorrente da omissão do eu lírico com a sociedade.

c. pelo negativismo, pois o eu lírico condena a sociedade pelo viés da religião.

d. pela indignação, advinda de um ideal moralizante expresso pelo eu lírico.
e. pela ironia, já que o eu lírico supõe que todas as pessoas são desonestas.

20. (Fuvest – SP)

Uma só natureza nos foi dada;
Não criou Deus os naturais diversos;
Um só Adão criou, e esse de nada.

Todos somos ruins, todos perversos,
Só nos distingue o vício e a virtude
De que uns são comensais, outros adversos.

Gregório de Matos

A partir do texto pode-se concluir que:

a. a opção entre o bem e o mal resulta do livre-arbítrio e não da Providência divina.
b. por obra divina, os homens são substancialmente diversos e por isso seguem caminhos distintos.
c. os elementos negativos do homem advêm de sua origem: o nada.
d. Deus fez os homens dotados de consciência para que pudessem distinguir o vício da virtude.
e. somente a virtude pode eliminar a perversidade que caracteriza a natureza humana.

GABARITO: 1. *b*; **2.** *c*; **3.** *e*; **4.** *e*; **5.** *e*; **6.** *c*; **7.** *a*; **8.** *a*; **9.** *a*; **10.** *e*; **11.** *c*; **12.** *a*; **13.** *a*; **14.** *a*; **15.** *a*; **16.** *a*; **17.** *c*; **18.** *c*; **19.** *d*; **20.** *a*